ITHALE

FÁBULAS DE MOÇAMBIQUE

Artinésio Widnesse

ITHALE

FÁBULAS DE MOÇAMBIQUE

Xilogravuras de
Lucélia Borges

2019 © Artinésio Widnesse (textos)
2019 © Lucélia Borges (xilogravuras)
2019 © EDITORA DE CULTURA
ISBN: 978-85-293-0213-3

Todos os direitos desta edição reservados
EDITORA DE CULTURA LTDA.
Rua Pirajá, 1.117
03190-170 – São Paulo – SP
Fone: (11) 2894-5100
atendimento@editoradecultura.com.br
www.editoradecultura.com.br

*Partes deste livro poderão ser reproduzidas,
desde que obtida prévia autorização escrita da
Editora e nos limites previstos pela Lei 9.610/98,
de proteção aos direitos de autor.*

Primeira edição: Setembro de 2019
Impressão: 5ª   4ª   3ª   2ª   1ª
Ano: 23   22   21   20   19

CIP-BRASIL. CATALOGAÇÃO NA PUBLICAÇÃO
Sindicato Nacional dos Editores de Livros, RJ

W635i

     Widnesse, Artinésio, 1982-
     ITHALE, fábulas de Moçambique / Artinésio Widnesse ; xilogravuras Lucélia
Borges. – 1. Ed. – São Paulo : Editora de Cultura, 2019.
     48p. : il. ; 16x23cm.

     ISBN: 978-85-293-0213-3

     1. Contos. 2. Literatura infantojuvenil moçambicana. I. Borges, Lucélia. I. Título.

     CDD: 808.899282
     CDU: 82-93(679)

Vanessa Mafra Xavier Salgado - Bibliotecária - CRB-7/6644

SUMÁRIO

Apresentação, por Marco Haurélio 8

1   O Coelho esperto 11

2   A Hiena e a Águia 14

3   A Princesa que não falava com ninguém 17

4   O Coelho e o Sapo 21

5   O Coelho e o Leão 23

6   O Macaco e o Cágado 24

7   O Macaco avarento 29

8   A Hiena, o Coelho e a Princesa 31

9   O Coelho e o Camaleão 36

10   O Macaco e o Tubarão 40

Sobre os autores 44

AS FÁBULAS DE MOÇAMBIQUE

Ithale (*Ethale* no singular) significa fábulas em *Elomwe*, língua falada pelo povo *Lomwe*, da região central de Moçambique[1]. Ela integra o grande ramo Bantu, de comprovada contribuição à cultura brasileira. Contribuição ainda viva nas narrativas orais, principalmente aquelas protagonizadas pelo Coelho, animal esperto, inimigo da feroz Onça e de outros bichos de grande porte. Amigo ou Compadre Coelho no Brasil, Tío Conejo na América espanhola, Brer Rabbit nas Bahamas e no sul dos Estados Unidos, ele enfrenta e derrota, quase sempre, os animais grandes, ferozes e estúpidos.

Artinésio Widnesse, professor e contador de histórias, costumava escutar de sua mãe, Suzana Nicasso, sempre à noite e em volta da fogueira, diversos contos tradicionais em que o pequeno e esperto Coelho sobrepujava a Hiena e o Leão, mas, às vezes, também se dava mal. Afinal, quando a esperteza é muita, costuma engolir o esperto...

O Coelho protagoniza sete dos dez contos aqui reunidos, todos eles recolhidos da tradição oral *Lomwe*. O primeiro, *O coelho esperto*, é uma variante curiosa do conto *O boneco de breu* (ou *Tar-baby*), difundido em várias partes da África e também na Índia, país no qual, segundo o folclorista Aurélio M. Espinosa, a história teve origem. Aliás, convém lembrar que houve muitos indianos trabalhando na África do Sul no século 19 – incluindo o grande pacifista Mahatma Gandhi. Para não falar do vaivém dos portugueses pela costa da África a caminho da Índia nos séculos 15 e 16... No Brasil, o grosso das versões registradas traz o macaco como animal esperto e guloso, que cai na armadilha do boneco de cera criado por uma velha.

Registrei *A onça, o coelho e o jacaré* no livro *Contos e fábulas do Brasil* (2011). Uma história interessantíssima é *A princesa que não falava com ninguém*, que aparece em Portugal, no Brasil e em praticamente toda a Europa, mas sempre com personagens humanos. Na versão registrada por Artinésio, além de encontrar os tradicionais adversários, Girafa, Javali, Búfalo e Hiena, acompanhamos as traquinagens do Coelho, cujo desafio é fazer falar uma princesa, filha do Leão, que jamais havia pronunciado uma única palavra em toda sua vida.

Lemos também, nesta bela coletânea, uma versão local da fábula do grego Esopo, *A raposa e a cegonha*, protagonizada por dois animais finórios: o Macaco e o Cágado. Assim como no clássico grego, de 600 antes de Cristo (a.C.), um animal convida o outro para comer em sua casa, mas cria tal embaraço que o visitante retorna para casa de barriga vazia. A vingança, claro, não tardará.

Outro conto de natureza exemplar é *O Macaco avarento*, que, em seu motivo principal – a cobrança absolutamente injusta e desproporcional de uma dívida –, ocorre na tradição oral de vários países, envolvendo também protagonistas humanos e com pano de fundo religioso. O Macaco, que rivaliza com o Coelho em matéria de esperteza, é o herói de nossa última história, um belo conto de astúcia em que o Tubarão é o grande antagonista. Uma versão antiquíssima, *El Mono y la Tortuga* (O macaco e a tartaruga), figura no *Calila e Dimna*, coleção de fábulas exemplares da Índia, conhecidas no Ocidente a partir de uma tradução persa no século VI depois de Cristo (d.C.), ampliada em versões árabes e traduzida para o castelhano em 1251.

Ithale são, portanto, contos de coloração local, mas que dialogam com a tradição clássica do Oriente e do Ocidente. Afinal, Moçambique, por muito tempo uma possessão portuguesa, soube preservar suas mais caras tradições, adaptando as contribuições estrangeiras, sem perder a essência identitária dos muitos povos que formam o país. É uma parte dessa rica tradição, que nos parece tão familiar, que Artinésio Widnesse nos apresenta neste pequeno relicário.

Marco Haurélio
Autor de *O cavaleiro de prata* e
Breve história da literatura de cordel

Nota: 1. A língua bantu *Elomwe* (ou *Lomwe*) é falada, em Moçambique, por 8% da população, vindo depois do *Emakhuwa* (26%) e do *Xichangana* (11%).

O COELHO ESPERTO

Em uma floresta, viviam muitos animais. Certa vez, houve uma grande seca. Fazia tempo que não chovia. A água dos rios sumiu. A água das lagoas sumiu. Todos passavam sede. O rei, que era o Elefante, num belo dia, teve uma ideia. Mandou chamar todos os animais da floresta: leões, búfalos, gazelas, cágados, coelhos, cobras... todo mundo. No dia seguinte, foram todos à casa do rei.

– Eu, Elefante, como rei desta floresta, tenho uma ideia contra a seca. Vamos abrir um poço. Amanhã de manhã, todos deverão trazer enxadas, pás e todo o material útil ao trabalho. Mas, atenção, quem não comparecer para trabalhar, não poderá beber do poço.

Todos concordaram. No dia seguinte, todo mundo foi ao trabalho, exceto o Coelho. A fama do Coelho era bastante conhecida entre os animais. Era esperto e gostava de aprontar. Os bichos abriram o poço e encontraram muita água. Contentes, cantaram e dançaram. No final, o rei fez lembrar que os ausentes não beberiam do poço. Todos já sabiam que o visado era o Coelho. Combinaram, então, que iriam vigiar o poço a fim de impedir que o Coelho bebesse daquela água. Trabalhariam por turno. Foi escolhida a Gazela para ser a primeira a vigiar o poço. Os restantes foram para suas casas, carregados de água e bastante contentes.

A Gazela sentou-se debaixo da árvore, atenta. Já à noite, o Coelho, morto de sede, foi ao poço em busca de água.

– Com licença, com licença! – pediu o Coelho.

– Sim, quem é? – perguntou a Gazela.

O Coelho descobriu que existia vigia e fugiu. Foi à casa, pensou, pensou e teve uma boa ideia. Pegou mel e uma corda e voltou ao poço.

– Com licença, com licença! – tornou a dizer.

– Sim, quem é? – perguntou a Gazela.

– Sou eu, comadre! Trouxe alimento para si! – exclamou o Coelho.

A Gazela, curiosa, pediu ao Coelho que se aproximasse. O Coelho tirou um pouco de mel e ofereceu à Gazela. Ela comeu, gostou e pediu mais.

– Eu posso dar tudo isto, comadre, mas com uma condição – disse o Coelho.

11

– Qual condição? – perguntou a Gazela.

– Eu amarro a comadre na árvore por alguns instantes. – disse o Coelho.

A Gazela aceitou a condição. O Coelho tirou da cintura a corda, amarrou os pés, as mãos, o focinho e o corpo da Gazela na árvore. Entrou no poço, encheu seu galão, tomou banho, sujou toda a água e foi embora, levando consigo o mel e deixando a Gazela amarrada.

Dia seguinte, outros animais foram buscar água. Encontraram a Gazela naquela condição e ficaram muito zangados com ela. O Coelho, porém, fez o mesmo com todos os vigias destacados posteriormente. Nenhum deles sabia o que fazer para pegar o Coelho, até que apareceu o Cágado. Os animais riram dele, zombaram, mas o Cágado não desistiu do intento e concebeu um plano. Esfregou-se em uma goma e foi até a entrada da água do poço, parecendo uma pedra. À noite, como de costume, o Coelho foi buscar água.

– Com licença, com licença! – pediu o Coelho, mas ninguém respondeu.

– Com licença, com licença! – continuou o Coelho, mas ninguém respondeu. Ele pensou:

"Ah, finalmente, esses gajos já se renderam a mim e desistiram de vigiar".

Dirigiu-se para o poço a fim de encher o galão e viu que ali havia uma pedra. Pisou nela para melhor tirar a água. Quando tirou, quis sair para guardar o galão. Tentou levantar o pé direito, não conseguiu. Tentou livrar o outro pé, também não conseguiu. Pôs a mão direita sobre a pedra, ficou colado. Fez o mesmo com a outra, também se colou. Tentou morder, ficou com o focinho colado.

Dia seguinte, os animais apareceram e ficaram contentes com o Cágado, porque, finalmente, havia conseguido pegar o malandro. Levaram o Coelho à presença do rei. Como castigo, cortaram a cauda dele. E é por isso que o Coelho tem cauda curta.

A HIENA E A ÁGUIA

Certa vez, a Hiena estava com muita fome. Sem nada para comer, pôs-se a caminhar à procura de alimentos. Caminhou, caminhou, caminhou. Após vencer uma longa distância, encontrou a Águia à beira do rio, pegando peixe.

– Estou com muita fome! – disse a Hiena.

– Eu aqui só tenho peixe. Quer? – disse a Águia, oferecendo-lhe um peixe.

A Hiena recebeu o peixe, comeu-o e agradeceu à Águia, mas sem ter enchido a barriga.

A Águia, percebendo que a Hiena ainda estava com fome, disse:

– Se você quiser encher a barriga, venha à minha casa. Lá tem peixe de sobra.

– Certo! Onde é a sua casa? – perguntou a Hiena. – Indique-me o caminho.

A Águia pôs-se a voar, enquanto a Hiena a seguia com os olhos virados para cima, não querendo se perder, pois ainda estava com fome e mal conseguia correr.

– Ainda não chegamos? – perguntou ela várias vezes ao longo do caminho.

– Não! – respondia a Águia sempre que a Hiena perguntava.

Num certo ponto, à beira de um rio, a Águia pousou em cima de uma árvore e disse à Hiena:

– É ali! – gesticulando com a cabeça em direção ao rio.

A Hiena ficou muito contente, pois, finalmente, iria matar a fome. Mas, ao mesmo tempo, confusa, pois esperava que a Águia tivesse outro tipo de casa, diferente do rio. Mas a surpresa estava por vir.

– É aí mesmo. Pode mergulhar! – disse a Águia.

A Hiena começou a mergulhar devagar.

– Isso, isso! Você está quase a chegar na minha casa. Vai, vai, você consegue – incentivava a Águia.

A Hiena mergulhou, mergulhou até os joelhos, a barriga, os ombros, a cabeça e sucumbiu. Após algumas horas, vieram muitos peixes para se alimentar da Hiena. A Águia, vendo que tinha feito uma armadilha perfeita, foi ao local se fartar de peixes.

A PRINCESA QUE NÃO FALAVA COM NINGUÉM

O rei da selva, o Leão, tinha uma filha que não falava com ninguém. Sequer sorria e estava sempre zangada. Por não sair de casa, também não tinha amigos. Brincava sozinha. Falava apenas para si mesma, ou para os seus bonequinhos. Quando alguém se aproximava, ela simplesmente fechava a boca e se encolhia. Toda a família estava muito preocupada com o comportamento da menininha. Ela cresceu, cresceu até ficar adulta. E vieram muitos animais, que pretendiam casar com ela.

Certo dia, em jantar de família, o rei disse que sua princesinha só se casaria com alguém que a fizesse falar. Muitos animais ficaram sabendo dessa condição, com a exceção do Coelho, que só soube mais tarde. Vieram muitos pretendentes para tentar a sorte: a Girafa, o Javali, o Búfalo, a Hiena etc. Cada um foi aplicando seus truques para convencer a menina a falar, mas ninguém conseguiu.

Quando o Coelho ficou sabendo, não quis ficar para trás.

– Majestade, eu gostaria de tentar a sorte.

– Ah, você, Coelho, tão pequenino! Como acha que pode conseguir pôr a minha filha a falar? Mas está bem. Boa sorte!

O Coelho tentou vários truques: fez palhaçadas, falou piadas, brincou em volta da menininha, mas não conseguiu que ela falasse e foi embora.

Passados alguns dias, o rei e sua família foram à *machamba*[1] para plantar mudas de *mapira*[2]. Era época de cultivo. Em suas andanças, o Coelho passou pela machamba do rei e o encontrou, junto com a família, incluindo a Princesa, a plantar as mudas. O Coelho se ofereceu para ajudar. Ficou bem ao lado da Princesa para chamar sua atenção. Pegou num molho de mudas e começou a plantar de forma contrária: folhas para baixo, raízes para cima.

Quando a Princesa descobriu que o Coelho estava plantando as mudas de forma errada, foi arrancando e replantando uma a uma de forma correta, murmurando para si mesma. O Coelho observou que a Princesa estava a replantar as mudas que ele havia plantado. Mas, mesmo assim, continuou a plantá-las de forma errada. Observando isso, a Princesa ficou irritada. Aproximou-se dele e, cutucando-o, disse:

– Coelho, você está plantando as mudas de forma errada. Enterre a ponta das raízes, e não a ponta das folhas!

O Coelho ignorou a Princesa e continuou a plantar as mudas de forma errada. Aborrecida, a Princesa o cutucou novamente e falou bem alto:

– Coelho, você não ouve por quê? Eu estou dizendo que você está plantando as mudas de forma errada. Enterre a ponta das raízes, e não a ponta das folhas!

Naqueloe momento, o rei e toda a família ouviram a fala da Princesa e ficaram assustados, mas, também, contentes e aplaudiram o Coelho por ter conseguido fazer falar a Princesa. E, a partir daquele momento, todo mundo reconheceu o Coelho como o marido da Princesa.

Notas: 1. *Machamba* – terreno agrícola para produção familiar, terreno de cultivo. 2. *Mapira* – sorgo, planta alimentícia também chamada de milho-zaburro no Brasil e de massambala em Angola. É um dos alimentos básicos da população em Moçambique.

O COELHO E O SAPO

O Coelho e o Sapo eram empregados do Javali. Todas as manhãs, o Javali dava orientações aos dois sobre o trabalho a ser feito ao longo do dia. A bebida preferida do Javali era *maheu*[1]. Todos os dias, no *mata-bicho*[2], tomava um copo de maheu. O Coelho e o Sapo nunca tinham provado aquela bebida, que era única e exclusivamente preparada para o patrão. Eles morriam de curiosidade.

Certo dia, os dois decidiram roubar a bebida para provar seu gosto. Na calada da noite, ambos se introduziram na cozinha, abriram o pote de barro e tomaram todo o maheu, que seria para o mata-bicho do patrão no dia seguinte.

Chegada a hora de receber as orientações sobre o trabalho a fazer naquele dia, os dois ficaram frente a frente com o patrão. O Coelho estava bastante nervoso, pois temia que o Javali descobrisse sua participação no roubo do maheu. Por seu turno, o Sapo parecia tranquilo. Mas, como se sabe, quando o Sapo fica quietinho, está sempre de boca aberta e com o papo se mexendo, e aquilo não passou despercebido pelo Coelho. Por isso, antes mesmo de o patrão se pôr a falar, o Coelho saltou do lugar onde estava, esticou o braço e, com a mão aberta, deu um tapão na cara do Sapo:

– Você está para mentir, não é? – perguntou o Coelho ao Sapo.

O Javali levou um susto e perguntou:

– O que está acontecendo aqui? Qual mentira o Sapo está para contar?

– O Sapo quer contar que ele e eu roubamos o maheu do patrão ontem à noite.

O patrão se enfureceu e disse:

– É você, Coelho, que está me dizendo isso.

E, sem demora, chamou os guardas e mandou pôr os dois a ver o sol nascer quadrado.

> **Notas: 1.** *Maheu* – bebida caseira, feita à base de duas cozeduras, arrefecimento e fermentação de farinha de milho, açúcar, água e fermento, que vem se popularizando nas zonas urbanas de Moçambique, principalmente entre jovens.
> **2.** *Mata-bicho* – expressão usual na África portuguesa para café da manhã. No Brasil, em Moçambique e São Tomé e Príncipe, também pode significar presente, lembrança, gratificação, gorjeta.

21

O COELHO E O LEÃO

Há muito, muito tempo, o Coelho era empregado do Leão e, por isso, tinha a missão de reconhecer o lugar onde estavam os outros animais e avisar ao chefe. Por sua vez, o Leão ia para o lugar indicado e caçava os animais. Certo dia, o Coelho, cansado desse trabalho, decidiu aprontar. Pensou, pensou e teve uma ideia. Foi ter com o Leão. Lá chegando, disse:

– Sabe, Majestade, ao longo desse tempo de experiência em reconhecimento dos animais, eu descobri a base deles. Há um só lugar onde todos eles ficam concentrados. É no cimo daquela montanha. E tive uma boa ideia. Tenho certeza de que essa ideia irá facilitar nossa tarefa. Sempre que Sua Majestade quiser se alimentar, é só fazermos o seguinte: Sua Majestade deverá se posicionar em um lugar estratégico, que eu indicarei. Eu subirei a montanha para espantar os animais. Naquela confusão do corre-corre, eles virão em sua direção. E Sua Majestade sabe o que fazer: é só pegar o que lhe apetecer. Com essa magnífica ideia, Sua Majestade não precisará se cansar. Mas atenção: Sua Majestade deverá permanecer com olhos fechados. É que os seus olhos são brilhantes; com eles abertos, Sua Majestade poderá espantar os animais.

O Leão, impressionado com a ideia, concordou. No dia seguinte, à hora combinada, ambos foram para a montanha. O Coelho indicou ao Leão onde deveria se posicionar, escondido. Depois, foi até o cimo da montanha. Lá, havia pedras soltas. E, empurrando uma na direção onde estava o Leão, o Coelho gritou:

– Sua Majestade, feche os olhos para que o brilho deles não espante os animais! Huhuuuuuuu!!!

O Leão fechou os olhos e a pedra começou a rolar para baixo.

Criqui, criqui, puáaaaa! – direto para a cabeça do Leão!

O Coelho olhou lá para baixo e, vendo que o rei recebera uma bela lição, foi-se embora bem feliz pelo sucesso da sua ideia.

O MACACO E O CÁGADO

O Macaco (*Khole*) e o Cágado (*Khapa*) eram amigos. O Macaco morava com sua esposa, uma filha e um filho. O Cágado morava com sua esposa e uma filha. Certo dia, o Macaco convidou o Cágado para um almoço em família.

Chegado o dia combinado, a família Khapa se arrumou e foi diretinho para a casa do Macaco, bastante contente.

– *Hodiiii*!!!![1] – pediu licença o Cágado com voz bastante forte.

– *Eeeee*!!![2] – respondeu a filha do Macaco.

O Macaco, que estava sentado em seu alpendre, lançou um olhar para o lado de fora, onde o caminho dava acesso à sua casa, e viu que era o seu amigo Cágado com a família. Rapidamente, chamou a esposa, que estava terminando de arrumar a mesa, e ambos foram receber as visitas, entre abraços e beijos.

Depois de alguns minutinhos de piadas trocadas entre o Macaco e o Cágado, o ambiente ficou ainda mais agradável. Como estavam famintos, sem demora, todos se dirigiram à mesa. Na verdade, eram três esteiras estendidas em separado. Uma para os homens – pais; uma para as mulheres – mães; e outra para as crianças. A comida foi servida também em separado: para os pais, para as mães e para as crianças. Havia dois tipos de comida: *thakare*[3], preferida da família Khole, e molho de tomate, a mais apreciada pela família Khapa.

Depois que todos se acomodaram à mesa, o Macaco desejou bom apetite aos comensais. A comida tinha sido servida em panelas de barro, altas demais para os cágados, que, como se sabe, têm patas curtas. Ninguém da família Khapa conseguia alcançar a comida no fundo da panela. Todos giraram, giraram, giraram em volta das panelas, tentando encontrar alguma posição que permitisse alcançar a comida, mas sem sucesso. Enquanto isso, a família Khole ia comendo, comendo, comendo, sem se preocupar com os convidados.

Depois de um bom tempo de tentativas, o Cágado abriu a boca:

– Muito obrigado, amigo Macaco. Nós estamos bastante honrados e agradecidos pelo convite e queremos retribuir. Você e sua família são nossos convidados. No próximo sábado, venham almoçar na nossa casa.

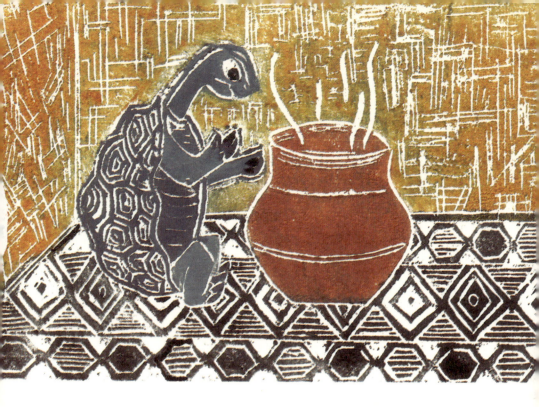

O Macaco, ainda com a boca cheia, disse:

– Obrigado pelo convite, amigo Cágado. Com certeza, estaremos presentes.

O Cágado e sua família se despediram e foram embora, bastante aborrecidos, claro.

Chegado o sábado, a família Khole, logo cedo, se arrumou e, toda contente, foi à casa do Cágado.

– *Waaawa*![4] – saudou o Macaco.

– *Waaawa*! – respondeu o Cágado, do lado de fora da casa. Enquanto isso, a esposa e a filha do Cágado estavam terminando de arrumar a mesa.

– Olhem quem chegou! – disse o Cágado para as duas. Elas saíram e foram também receber a família do Macaco.

– Bem-vinda, família Khole! – disse o Cágado.

– Muito obrigado! – respondeu em coro a família do Macaco.

De mãos dadas, os homens conversavam entre si e as mulheres também, enquanto as crianças se misturavam, se agarravam, saltitavam e se empurravam brincando. Todos estavam contentes.

Como a comida já estava pronta, todos se dirigiram para as respectivas esteiras: uma para os pais, outra para as mães e outra para as crianças. A comida era *xima*[5] com *mathapa*[6].

Rapidamente, o Cágado tomou a palavra e declarou:

– Família Khole, eis a nossa pobre comida!

– Não se preocupe, amigo. Pelo visto, está muito boa – disse o Macaco, abanando a cabeça e fazendo o gesto de quem aspira um aroma agradável. Todos caíram na gargalhada.

– Bom – continuou o Cágado –, acontece que, nesta casa, estamos sem água para lavar as mãos. Mas, ali pertinho, tem um poço. Nós já fomos lá antes de vocês chegarem. Então, por favor, podem ir lavar suas mãos. Mas, atenção: tenham o cuidado de não tocar as mãos no chão quando retornarem para cá.

A família Khole, espantada, se dirigiu ao poço. Cada bicho lavou suas mãos. Porém, na hora de retornar, nenhum deles conseguia caminhar sem se apoiar no chão. E, cada vez que sujavam as mãos, retornavam ao poço para se lavar novamente. Tentaram muitas vezes, mas não conseguiram manter as mãos limpas, pois nenhum deles conseguia caminhar apenas com as pernas. Após tantas tentativas sem sucesso, a família Khole, envergonhada, desistiu, sem sequer passar na casa da família Khapa para se despedir. Enquanto o Macaco e sua família iam embora, o Cágado morria de rir.

Notas: 1. *Hodi!* – pedido de licença. **2.** *Eeee!* – resposta a um pedido de licença. **3.** *Thakare* – Preparado com feijão fava, que é muito amargo e pode ser venenoso. Para eliminar a toxicidade, é necessário trocar a água várias vezes durante a cozedura. Após cozido, pode ser servido inteiro – temperado com sal –, ou esmagado; para acompanhar, usa-se preferencialmente *xima* de *mapira*, de milho ou de mandioca. **4.** *Waaawa!* – Saudação. **5.** *Xima* (ou *upshwa*) – espécie de purê feito com leite de coco, água, massa preparada à base de farinha de milho e sal; servido em forma de papa seca; muito rica em carboidratos, mas com poucos nutrientes. **6.** *Mathapa* (ou *matapa*) – preparada com folhas bem picadinhas, ou piladas, de mandioca (ou couve, ou espinafre etc.), amendoim pilado, leite de coco e água; na metade do cozimento, mistura-se camarão, caranguejo ou outros frutos do mar; serve-se o cozido com *xima* ou arroz branco.

O MACACO AVARENTO

Certo dia, o Coelho foi à casa do seu amigo Macaco sem avisar. O Macaco, que estava cozinhando feijão, ficou incomodado com a visita surpresa do amigo, pois não queria partilhar a comida com ele.

– O que está cozinhando, compadre?
– Estou cozinhando feijão para semear na minha machamba.
– Como assim? Cozinhar feijão para semear?
– Acabo de descobrir essa magnífica estratégia, compadre Coelho. Jamais precisarei gastar minha lenha cozinhando feijão, porque passarei a colher feijão já cozido.

O Coelho, que esperava receber refeição na casa do amigo, nada mais disse, apenas se despediu e foi embora bastante espantado. Dias depois, foi o Macaco que passou pela casa do Coelho, que estava cozinhando ovos de galinha para o almoço.

– *Waawa*, compadre Coelho! Acho que cheguei na hora certa!
– *Waawa, waawa*, compadre Macaco! Por que diz isso?
– Como assim? Estou vendo aí na cozinha a panela fervendo...

Quando viu que o Coelho estava cozinhando ovos, o Macaco ficou ainda mais contente, pois gostava de ovos e fazia bastante tempo que não os comia.

– Pois é, compadre! Estou cozinhando ovos para a minha galinha chocá-los. Daqui em diante, quero ter criação de galinhas bem grande cá na minha casa, e todas cozidas, prontas para o prato.

O Macaco, espantado, perguntou:

– Como é possível isso, chocar ovos cozidos?
– Pois é. As minhas galinhas podem chocar ovos cozidos da mesma forma que o compadre semeia feijão cozido! – respondeu o Coelho.

Envergonhado, o Macaco se despediu e foi embora.

A HIENA, O COELHO E A PRINCESA

A Hiena e o Coelho se diziam amigos. Eles moravam numa selva, onde havia também muitos outros animais. O rei era o Leão, que tinha uma filha muito, muito linda. Certo dia, a Hiena estava passeando e passou pertinho da casa real. Lá, à sombra de uma árvore, a Princesa brincava com seus bonequinhos. A Hiena ficou bastante encantada com a beleza da moça. Parou e, por algum tempo, ficou olhando fixamente para a Princesa. Então, pensou, pensou, pensou e teve uma ideia: aproximar-se da Princesa e expressar o grandioso encantamento que sentia por ela. Mas a Hiena precisava de muita coragem para ir até a Princesa.

Finalmente, decidiu-se. Deu o primeiro passo para a frente, depois o segundo, parou: olhou para a esquerda, para a direita, para trás. Também virou a cabeça para todos os lados, ouvindo os sons de todos os cantinhos... Estava tudo bem – avaliou a Hiena –, nada poderia atrapalhar o seu momento. Mas não parou por aí: olhou para si mesma, de cima para baixo, de baixo para cima... Olhou todas as partes do seu corpo para ver se estava tudo bem arrumado... Estava tudo bem! Ganhou mais confiança. Ela queria dar boa impressão.

Pôs-se então a caminhar: *thah, thah, thah, thah...* bem estilosa, sem barulho. Não queria chamar atenção ainda distante, mas também não queria surpreender e assustar a Princesa. Faltando poucos metros para chegar à árvore, a Hiena tossiu. A Princesa ouviu o barulho suave, interrompeu a brincadeira e olhou para o lado de onde vinha o barulho. Viu alguém se aproximando.

–*Hodiiiiiii!* – pediu licença a Hiena.

A Princesa não soltou uma palavrinha sequer, apenas pôs olhos fixos na Hiena e abanou a cabeça, com um gesto de "bem-vindo"!

A Hiena se aproximou devagarinho, se ajeitou, tossiu novamente – como forma de disciplinar a voz – e disse:

– Desculpe-me, Princesa, se estou atrapalhando.

A Princesa olhou a Hiena com ar doce, mostrando que não estava incomodada com a presença dela.

– É que, Princesa, eu me atrevo a dizer que a senhorita é muito linda. Estou muito encantado com sua beleza.

A Princesa olhou fixamente para a Hiena; e não soltou nenhuma palavra.

A Hiena continuou:

– Bem, vou ter que encurtar a conversa... Por acaso, a senhorita me aceitaria como seu Príncipe?

A Princesa girou os olhos, olhou para a Hiena de baixo para cima, de cima para baixo e ficou um tempinho refletindo... A Hiena gelou.

– Fale com a minha família... Fale com meu pai, minha mãe, meus tios... Fale com todos eles. Traga o seu padrinho e se apresente.

– Quando? – perguntou a Hiena, enquanto seu coração batia bem rápido e descontroladamente.

– Parece que, a partir de amanhã, minha família estará sempre cá em casa. Venha em qualquer dia.

– Certinho! Amanhã, logo cedo, estarei cá me apresentando.

– Bem... não tenho certeza... melhor vir a partir de depois de amanhã.

A Hiena ficou muito contente. Não acreditou na simplicidade da Princesa. Despediu-se e saiu a vunar, toda desajeitada, à procura de padrinho. Enquanto corria, em sua mente só girava o nome do Coelho como o padrinho certo. Então, foi logo à casa do Coelho.

– Compadre, compadre, acorda, compadre!

O Coelho, que estava debaixo de uma sombra, de barriga para cima, cabeça apoiada sobre as mãos e pernas cruzadas, descansando (pois estava bastante quente naquele dia), nem se mexeu; apenas abriu os olhos devagarinho e viu que era a Hiena. Ficou espantado com a alegria tamanha que o amigo despejava goela afora.

– Fala, compadre, o que temos a comemorar? Não diga que foi promovido por Sua Majestade!

– Nada disso, compadre!

– Então, diga logo, meu coração vai explodir de tanta curiosidade!

– Eu vou ser o Príncipe, compadre!

– *Ah yah yah yah yah yah yah yah*, verdade isso?

– Verdade, sim! Mas há um detalhe, compadre... Preciso de um padrinho. E, na minha cabeça, não vejo mais ninguém, apenas você, compadre. Eu o admiro; você é o melhor amigo que tenho; então, é você o meu escolhido para fazer parte desta minha história.

O Coelho, em sinal de espanto pela consideração da Hiena, segurou o queixo, piscou os olhos, abanou positivamente a cabeça e disse:

– Sim, sim, compadre! Eu me sinto bastante lisonjeado pela confiança. Vamos à sua história!

A Hiena explodiu de alegria. Sem demora, os dois combinaram o dia para a apresentação. O Coelho disse que precisaria de tempo para se dedicar aos detalhes, organizar a roupa... Afinal, sendo o padrinho, deveria servir de bom exemplo, principalmente no asseio...

Mas o plano do Coelho era outro.

A Hiena se despediu e foi embora toda contente, mal aguentando esperar o dia para a apresentação. Já o Coelho tinha ficado com muita inveja. Queria ser ele o Príncipe. Pensou, pensou, pensou e teve uma ideia magnífica.

No dia seguinte, logo de madrugada, pôs-se a caminhar para a casa do rei. Quando o sol já ia começando a aquecer seu corpo, o Coelho chegava lá. Ficou espreitando e teve sorte. Em casa, a Princesa estava só, aproveitando os agradáveis raios do sol no jardim.

– *Hodiiiiii!* – pediu licença o Coelho, com todo o cuidado, para não assustar a Princesa.

A Princesa pôs a mão sobre a testa, para distinguir bem quem era, pois a luz do sol atrapalhava sua visão. Enxergou o Coelho, que se aproximou e cumprimentou a Princesa. Depois de um curto bate-papo, em que o Coelho procurou saber se a família real estaria em casa naquele momento, ele disse:

– Princesa, na verdade, minha vinda aqui interessa mais a você do que aos seus pais. Sabe, Princesa, eu estou encantado com você. Por acaso, você me aceitaria como seu Príncipe?

A Princesa o interrompeu imediatamente:

– Não, não, não posso aceitar. Eu já me comprometi com alguém e tenho que honrar minha palavra.

– Quem? – perguntou o Coelho, levantando as orelhas, como se não soubesse de nada.

– A Hiena. É ela que será meu Príncipe. Só faltam acertos com a minha família.

– O quê? Não pode ser... A Hiena? – exclamou o Coelho com desprezo.

– Sim, é a Hiena. Qual o problema?

– Sabe, Princesa! Eu não gostaria de entrar nessa história, mas... Desculpe se o que vou dizer irá magoá-la. É que a Hiena é serviçal em minha casa. Eu monto nela e ela me leva para qualquer lugar onde eu queira ir. Hoje, por exemplo, foi dispensada, porque tive boa disposição para caminhar, esticar as pernas... Princesa, é com o meu burrico de carga que irá casar! *Hahahahah! Hahahahah Hahahahah!!!*

O Coelho soltou uma gargalhada louca, andando descontroladamente de um lado para outro, com a boca aberta e olhos fechados sob o céu.

A Princesa ficou espantada com a cena e bastante desmoralizada com aquela informação; mas não quis acreditar na conversa do Coelho. Queria provas.

– Prove o que você está dizendo! Eu só aceitarei você como Príncipe se você me provar o que disse.

– Não tem problema, Princesa. Amanhã, estarei aqui de volta, acompanhado da Hiena, e aproveitarei a ocasião para mostrar que é verdade o que eu disse.

A Princesa concordou, mas ficou bastante abalada. À noite, contou à família aquela informação, mas todos decidiram esperar para crer. Decidiram também que, caso a Hiena fosse mesmo o burro de carga do Coelho, não haveria mais nada a discutir: o Coelho seria o Príncipe.

No dia seguinte, bem cedinho, a Hiena foi à casa do Coelho.

– *Hodiiii*, compadre! *Wuluuuu*[1], ainda está dormindo? Acorda, compadre, senão nos atrasamos.

– Lamento dizer, compadre: não estou bem. Todo o corpo me dói e, pior ainda, piquei ontem o pé em uma das minhas andanças. Não consigo apoiá-lo no chão. Infelizmente, não poderei lhe ser útil.

– Não, não, não, compadre, não pode ser. Temos que achar uma saída.

– Qual?

– Eu o levo nas costas. Vamos caminhando devagar. O mais importante é que a gente consiga chegar lá.

– *Okay*! – disse o Coelho, que logo se acomodou nas costas da Hiena.

Após vencida alguma distância, o Coelho começou a reclamar.

– Compadre, compadre, não é assim...

– O que foi, compadre Coelho?

– Você está caminhando depressa. Escorreguei e quase caí no chão.

– E agora? – perguntou a Hiena.

– Tenho uma ideia. Vamos amarrar uma corda no seu pescoço para eu segurar nela.

– Boa ideia, compadre. – considerou a Hiena.

A viagem continuou. Vencida uma boa distância, a Hiena já se mostrava cansada quando olharam para a frente e puderam ver a casa real, com toda a família da Princesa reunida diante dela, à espera da apresentação do Príncipe.

Quando o Coelho viu aquele aglomerado de gente, incentivou a Hiena a acelerar a marcha.

– Corra, corra, compadre! Temos que mostrar que você é forte; não dê sinais de fraqueza; corra!

A Hiena concordou. Fez bastante esforço e pôs-se a correr rumo ao palácio. Enquanto isso, o Coelho foi fazendo movimentos típicos de jóquei, como se estivesse numa corrida de cavalos; puxando a corda e saltitando no lombo da Hiena.

– Vai, vai, vai... – dizia o Coelho.

Já na frente da Princesa e da família real, o Coelho mandou diminuir a velocidade e, com mestria, saltou para o chão e começou a caminhar, falando bem alto:

– Já viram, não é? Já viram, não é? Alguma dúvida? A Hiena é ou não é meu burro de carga? Eu monto nela e vou para onde quiser. Eis a prova, Princesa.

Naquele momento, a Princesa saltou para o Coelho, que foi abraçado, beijado e apresentado como seu Príncipe encantado à família em meio a aplausos de todos.

A Hiena, bastante espantada, entendeu rapidamente a jogada do "amigo". Sem demora, partiu em alta velocidade para muito longe dali, envergonhada e se achando burra demais por ter confiado no Coelho.

Nota: 1. *Wuluuuu!* – interjeição que indica espanto.

O COELHO E O CAMALEÃO

O Coelho e o Camaleão eram amigos. O Coelho, que era dado a pregar peças, quis aprontar mais uma vez:

– Compadre Camaleão, entre nós, quem é o maior?

– Sou eu, claro – respondeu o Camaleão, com um sorriso nos lábios.

O Coelho soltou uma gargalhada zombeteira.

– Você, que nem andar consegue, se acha grande em relação a mim?

O Camaleão descobriu de imediato que o Coelho queria apenas humilhá-lo. Só isso.

– Já que você se acha grande em relação a mim, vamos fazer uma competição para ver quem ganha.

– Que competição, colega? – perguntou o Coelho, muito curioso.

– Corrida, compadre. Vamos ver quem corre mais rápido.

– *Hah! Hah! Hah!* Você está maluco! Veja só... – disse o Coelho, ensaiando uma demonstração de rapidez diante dos olhos do Camaleão.

E correu em torno do amigo, ora rápido, ora lento; ora para a frente, ora para trás. Fez várias exibições de velocidade, como se estivesse em aquecimento antes de uma partida de futebol. Enquanto isso, o Camaleão acompanhava toda a movimentação do Coelho com olhos ágeis, rumando para todas as direções, sem precisar sair do lugar.

O Coelho voltou para perto do Camaleão e disse:

– Viu só? Você continua achando que consegue me derrotar?

O Camaleão, que ouvia as zombarias do Coelho, sem se deixar intimidar, arrematou:

– Eu serei o vencedor desta competição.

O Coelho não gostou de ser assim desafiado. Então, ambos decidiram marcar a data da competição. Todos os animais da região ficaram sabendo do evento pela boca do Coelho, tamanha era a certeza de que venceria a corrida. E, já que fora desafiado pelo Camaleão, queria humilhá-lo na frente de todo o mundo. Teve até a ousadia de convidar o rei Leão, que se interessou, e, com isso, encheu de ânimo o Coelho. O rei não só disse que marcaria presença no evento como se encarregou de estabelecer as regras do jogo: foram definidos os pontos de partida e de chegada; o prêmio para o vencedor e o percurso, que seria de 2 quilômetros.

Tudo pronto, soou o apito. O Camaleão arrancou. O Coelho ficou parado na linha de partida, deixando o desafiante se afastar. O Camaleão pôs-se a correr. Correu, correu, correu, até sumir de vista da plateia. Depois disso, o Coelho arrancou a uma velocidade inacreditável. Em pouco tempo, a assistência já não o enxergava também. Então, todos viraram os olhos para a linha de chegada, à espera do Coelho, que em pouco tempo havia alcançado o Camaleão na metade do trajeto.

– *Hah! Hah! Hah!* Já te peguei! – gritou o Coelho. – Ô abre as alas, que o chefe quer passar...

O Camaleão, humildemente, abriu espaço para o Coelho. Este, assim que passou, deu uma paradinha e começou a andar com o rabo levantado, gingando como se estivesse num desfile de moda. Mas o Camaleão, que tinha um plano, esperou pacientemente pelo momento certo. Quando o Coelho observou que o Camaleão estava encurtando a distância, acelerou a marcha novamente, sem perceber que o rival tinha pulado e se agarrado no rabo dele. E lá permaneceu, coladinho e caladinho. O Coelho correu, correu, correu, olhou para trás, e, sem mais ver o Camaleão, pensou: "Ah, o fracote já era!".

O orgulhoso Coelho tocou a faixa da linha de chegada e sentou-se para descansar.

– Ei, Ei, não sente em cima de mim! Não está vendo que eu cheguei aqui primeiro? – gritou o Camaleão, fingindo estar irritado.

Todos os animais ouviram o grito do Camaleão e viram que o rabo do Coelho estava em cima dele. O rei Leão, sem demora, tomou o lugar para anunciar o vencedor, pegou nos pulsos de ambos e sentenciou:

– O vencedor é... o Camaleão!

Enquanto os bichos aplaudiam o grande vencedor, o Coelho queria brigar, inconformado com a derrota. Vendo que todos estavam do lado do rival, ele olhou para o público, abanou a cabeça e pôs-se a correr mata adentro, morto de vergonha, no instante em que o Camaleão recebia o troféu das mãos do rei.

O MACACO E O TUBARÃO

Era uma vez um Macaco que morava à beira-mar, onde havia muitas árvores e, claro, muitas frutas. O danado gostava bastante daquele local, pois pulava de árvore em árvore enquanto saboreava as frutas.

Um belo dia, um Tubarão, que estava a passeio, chegou junto à praia e encontrou o Macaco. Os dois acabaram selando uma bela amizade. Por isso, o Tubarão ia sempre àquele lugar para brincar com o Macaco. Certo dia, resolveu convidar o Macaco para conhecer sua família nestes termos:

– Amigo Macaco, minha família está bastante contente com a nossa amizade e gostaria de conhecer você. Vamos marcar um dia para irmos juntos à minha casa?

O Macaco aprovou a ideia e o encontro foi marcado. Quando chegou o dia, o Tubarão foi buscar o Macaco, que, gentilmente, lhe serviu algumas frutas. Enquanto comiam, o Macaco disse:

– Amigo Tubarão, cometi um erro ao não avisar antes, e me desculpo por isso. Eu não posso ir com você, porque não sei nadar.

– Não se preocupe, amigo Macaco. Eu o levo nas minhas costas.

O Macaco acatou a ideia. Terminada a refeição, o Tubarão carregou o amigo nas costas e, juntos, os dois começaram a travessia. Quando já iam longe no oceano, o Tubarão disse a que vinha:

– Amigo Macaco, esta viagem tem dois objetivos. O primeiro é aquilo que eu disse: minha família quer muito conhecer você. O segundo, e mais importante, é que minha mãe está gravemente doente. E, para curar-se da doença de que padece, existe só uma saída: comer o coração de um macaco. E você, sendo um grande amigo, penso que irá nos ajudar.

O Macaco ficou mudo por um instante. Mas, depois de pensar um pouco, pigarreou e disse:

– Certo, meu amigo. Eu posso ajudá-lo, sim, mas você cometeu um erro. Devia ter dito isso antes de partirmos. É que nós, os macacos, temos uma tradição. Quando comemos as frutas, tiramos todos os órgãos internos, incluindo

o coração, e os conservamos num local seguro. Fazemos isso para que os alimentos não possam sujar os órgãos. E é só depois da digestão que os devolvemos ao corpo. E, como você sabe, eu comi há pouco tempo, ainda não fiz digestão e, por isso, deixei meus órgãos pendurados em uma árvore. Minha ideia era recolocar os órgãos no corpo assim que regressasse da sua casa.

O Tubarão, triste com a informação, indagou:

– E agora? O que faremos?

– Temos que regressar para eu ir buscar o coração – disse o Macaco.

Sem demora, o Tubarão fez a manobra e rumou de volta à superfície. Quando já estavam chegando à praia, o Macaco se esticou todo e saltou para uma das árvores. Livre do perigo, virando-se para a água, gritou:

– Adeus, Tubarão! Você é falso amigo. A partir de agora, nunca mais volte à minha casa!

Bastante envergonhado por ter caído na artimanha do Macaco, o Tubarão abaixou a cabeça e, lentamente, se arrastou água adentro de volta para casa.

SOBRE OS AUTORES

ARTINÉSIO WIDNESSE nasceu em 1982 na Província central da Zambézia, Distrito de Namarrói, em Moçambique. Parte de sua infância foi vivida em meio à guerra civil que fustigava seu país. Cresceu ouvindo histórias de animais contadas por sua mãe e pelos seus irmãos mais velhos, mas também pelo seu avô paterno. Em 1988, refugiou-se, junto com sua família, no Malawi, país vizinho ao seu. Aos 8 anos de idade, teve o primeiro contato com o alfabeto em uma das escolas primárias locais. Os textos lidos na escola enriqueceram ainda mais a educação tradicional por ele recebida de sua família. Em 1993, retornou a Moçambique, onde continuou seus estudos. Apaixonou-se pela linguística e, também, pela literatura, tendo se formado em Ensino de Português, em 2008, na Faculdade de Ciências da Linguagem, Comunicação e Artes da Universidade Pedagógica de Moçambique (UP), Delegação de Nampula.

Na faculdade, começou uma afinidade com o Brasil, por meio de leitura de textos de autores brasileiros, como José de Alencar e Machado de Assis. Essa afinidade se consolidou em 2010, quando veio ao país cursar o mestrado. Em 2012, voltou a Moçambique, onde atuou como professor universitário. Em meados de 2013, foi agraciado com mais uma bolsa de estudos e optou, de novo, pelo Brasil. Em 2017, tornou-se doutor em Letras pelo Programa de Pós-Graduação em Filologia e Língua Portuguesa da Universidade de São Paulo (USP).

Sua tese de doutorado abordou a concepção do material didático para o ensino bilíngue no curso fundamental em Moçambique. E foi na esteira desse espírito que nasceu a ideia de registrar a cultura tradicional de seu povo.

O livro que ora se publica no Brasil constitui sua estreia e faz parte de um projeto amplo de coleta e publicação de histórias de diferentes áreas de Moçambique, sobretudo as regiões rurais, com destino ao público infantojuvenil. As histórias aqui apresentadas são transcrições de histórias contadas por sua mãe e parentes.

LUCÉLIA BORGES nasceu em Bom Jesus da Lapa, sertão baiano, e viveu muitos anos em Serra do Ramalho, região do Médio São Francisco, em companhia da bisavó, Maria Magalhães Borges (1926-2004), uma grande mestra da cultura popular. Produtora cultural, xilogravadora e contadora de histórias, Lucélia dedica-se à pesquisa das manifestações tradicionais do interior baiano, com destaque para a cavalhada teatral de Serra do Ramalho e de Bom Jesus da Lapa, tema de sua pesquisa para o mestrado na Universidade de São Paulo.

Com a técnica da xilogravura, ilustrou folhetos de cordel de autoria de Pedro Monteiro, José Walter Pires, João Gomes de Sá e Marco Haurélio. Em 2018, a convite do Sharjah Institute for Heritage, esteve nos Emirados Árabes Unidos, ministrando oficinas de xilogravura para crianças. Está entre os idealizadores do projeto Cordel: a Poesia Encantada do Sertão, que, por meio de eventos, exposições, cursos e ações para montagem de cordeltecas, procura manter e expandir a cultura do cordel como parte da cultura popular tradicional brasileira.

Direção editorial
MIRIAN PAGLIA COSTA

Direção de infantojuvenis
HELENA MARIA ALVES

Coordenação "Cordel na Estante"
Edição de texto
MARCO HAURÉLIO

Preparação e revisão
PAGLIACOSTA EDITORIAL
(Conforme o Novo Acordo Ortográfico)

Xilogravuras
LUCÉLIA BORGES

Capa e projeto gráfico
CAMILA TERESA

Impresso no Brasil / *Printed in Brazil*

Formato 16x23cm
Mancha 12,5x20cm
Tipologia Goudy Old Style
DK Crayon Crumble
Páginas 48